김봄서

본명 김미희, 1968년 충남 보령 출생
한림대학교 사회복지대학원 석사
달빛문학회, 문예감성 정회원
2019년 『계간 문예감성』 신인 문학상 수상 등단

- 개인 시집 『별의 이마를 짚다』, 『벚꽃기념일 습격사건』
- 공저 『딸부잣집 녹턴소통법』, 『백석의 눈을 맞추다』,
  『얼음판화』, 『헤어 붓 칠 당하다』, 『보라색 별』
- 문예지 『문예감성』, 『동안』, 『시에』, 『작가와 문학』,
  『이미저리』, 『미래시학』, 『두레문학』 등
- 연구논문 「2021년 영월군청소년실태 공동연구」,
  「농어촌지역 청소년 정책의 문제와 개선방안」(공저) 등

하늘매표소

펴낸날 2021년 12월 15일

지은이 김봄서
펴낸이 주계수 | **편집책임** 이슬기 | **꾸민이** 김소은
그림 진아x수풀림

펴낸곳 밥북 | **출판등록** 제 2014-000085 호
주소 서울시 마포구 양화로 59 화승리버스텔 303호
전화 02-6925-0370 | **팩스** 02-6925-0380
홈페이지 www.bobbook.co.kr | **이메일** bobbook@hanmail.net

ISBN 979-11-5858-831-1 (03810)

※ 이 책은 국가문화예술지원사업으로 강원도와 강원문화재단 전문예술지원사업 지원금으로 제작되었습니다.

하늘매표소

김봄서 디카시집

작가의 말

사진 전문가는 아니다.
다만,
달빛이 스며들도록 토닥여 주고 싶었는데
좀 성글다.

색을 들어앉힌 계절마다의 이야기를 다 적을 수 없거나
오래된 기억 하나쯤 실물로 가지고 싶을 때 취했었다.
그러고도 잃어버린 것이 많지만,
모여진 기억들이 모두 달아나기 전에 엮었다.

태백 탄광소도
낡은 제재소도
춘자 슈퍼도
깨진 유리 조각까지,
쓸모를 다한 어떤 것들이 쉽게 버려지지 않고
연민스럽고 그렇다.

파편처럼 수집된 것들은
또 다른 내 속의 내가 투사된 그림자다.

그것들이 또 역사가 되고 있다.

피사체를 통해 객관적으로 보게 되었다.

좋지 않은 기억과 상처들을 떨어내기도 했었고

빈 곳은 채워지는 경험을 했다.

마음이 닿았던 것들은

그리 많은 말을 하지 않아도 되었다.

에세이처럼 부담스럽지 않았으면 좋겠다.

특별한 형식과 격식 없이 그냥 보면 좋았다.

때론 소중해서

때론 아파서

때론 슬퍼서,

그 순환의 카타르시스를 나누고 싶었다.

축복을 더하며.

2021년 마름달에

영월에서 김봄서 올림

목차

1부 사랑의 언어

2부 교감하는 방식

3부 자화상 그리기

4부 순환의 질서

1부

사랑의 언어

섶다리

물 위에 청춘을 바쳤다

신의 섭리에 순응하는

물에 뿌리를 박고,

멀리서 건너올 한 사람을 위한

등이 되었다

흔적

밤새도록 비에 젖는 당신을 보았습니다

그 눈물, 모두 닦아줄 수 없어서

눈 감고 말았더니

수련, 그대가 피었습니다

어느 봄날

자전거를 탄 그가 돌아왔다

앞바퀴로 새겨놓은 발자국을

뒷바퀴로 지우며 쉬지 않고 달려왔다

사방이 꽃눈을 뜨고 있었다

음계

레(Re)로 시작한다

낮달의 노래,

높은음자리로 부르는

'지금도 기억하고 있어요

시월의 마지막 밤을'

존재의 이유

네가 날 부른다면

낮에도 좋아,

밤에도 좋아,

언제든지 빛을 낼게

연민

벌써 가을이에요

우리에게도 계절은 어김없이 찾아오는데

기뻐할 수만은 없네요

우리 운명을 어쩌죠

당신도,

나도 참

정조대

아무 말 하지 말아요

어느 곳, 누구의 것이었냐고도 묻지 말아요

내 마음의 빗장을 열 단 한 사람을 기다리고 있어요

크레파스 페디큐어

누굴 닮았을까,

하는 짓,

노는 짓이

내가 잘 아는 30년 전 어떤 녀석을 똑 닮았다

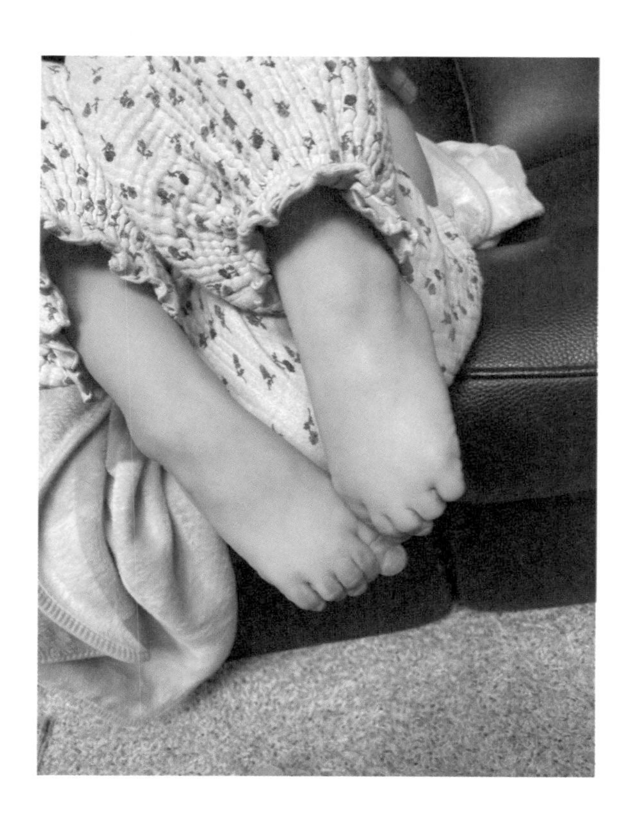

담쟁이

네 꿈을 응원할게

우리 함께 손잡고 같이 가자

네가 길을 찾는 동안,

나도 길이 될 거야

목련 기일

해마다 첫차를 올린다
목욕재계하고 첫 꽃이 피기 전에
첫사랑이 떠나기 전에

모자와 부자

"모자다"

"아니 부자야"

첫 키스

네 입술의 온도를 기억하고 있어

꽃으로 통하다

응원

기억하고 있다는 것,
보고 싶다는 것,
믿고 있다는 것,
실패해도 괜찮다는 것,
기다리고 있다는 것

합격
合格
기원
합격을 기원합니다
끝까지 힘내세요!

몽실 오빠

"여동생 하나만 낳아줘"

사랑해

아니 벌써

엄마

내 신발 한쪽은 어디에 있을까요?

adidas
adidas

온도 차이

달라도 너무 다르다

지금,

여름이야?

겨울이야?

호강

내가 당신 꽃길만 걷게 해준다고 했지?

고성장의 추억

너에게로 가던 길

2부

교감하는 방식

머리싸움

"대체 넌 누굴 닮은 거니?"

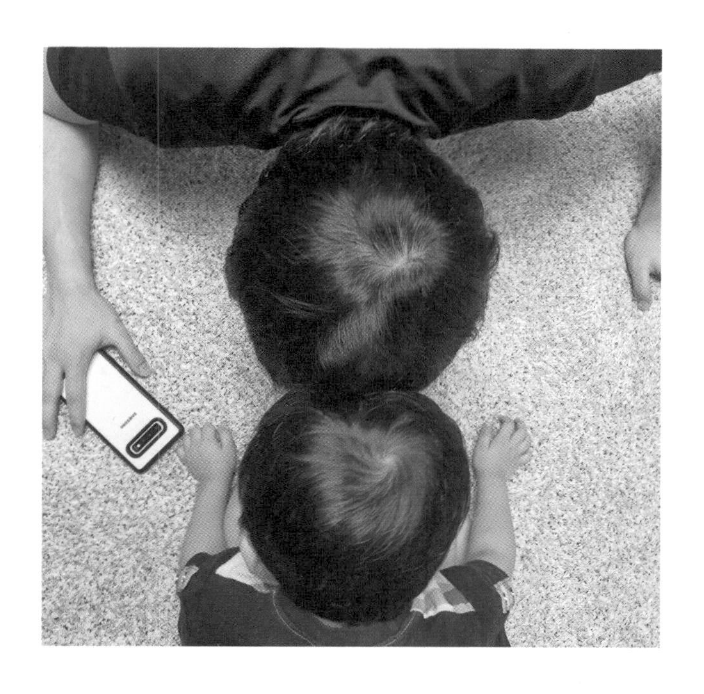

천국의 계단

가보면 안다
그 끝이 어딘지,
생각지 말고
발을 내디뎌야
신神을 만날 수 있다

TV는 신

경건한 마음으로 예배하듯이

절대 뒤돌아보지 않는다

발가락도 기도를 하고 있다

지갑 열어 배춧잎이라도 흔들어 볼까?

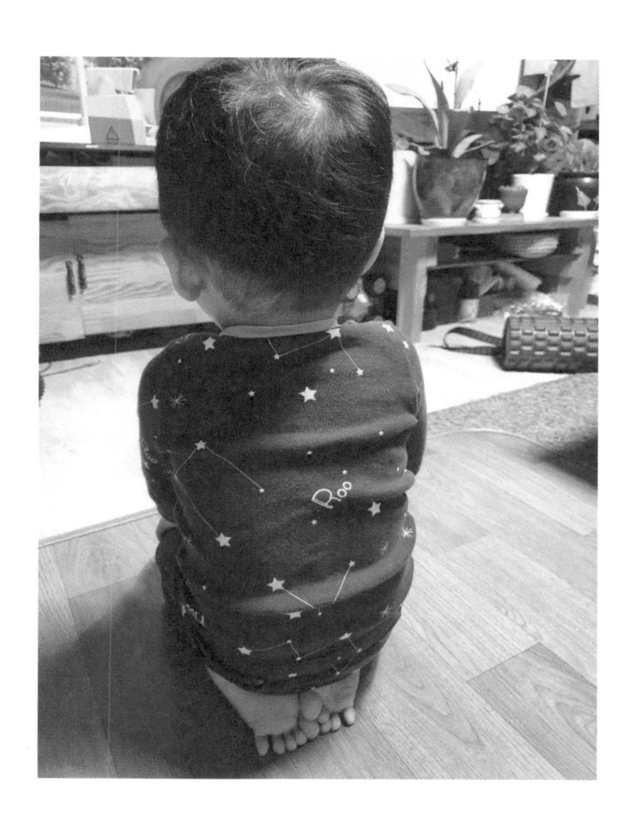
Roo

바람난 명자씨

한겨울인데,

명자씨 옷도 안 입고

이게 무슨 일이고?

다친 손가락

“여보 이게 뭔지 알아?”

“아픈 손가락”

“아니, 당신이 최고야!

다 나을 때까지 더 크게 할게”

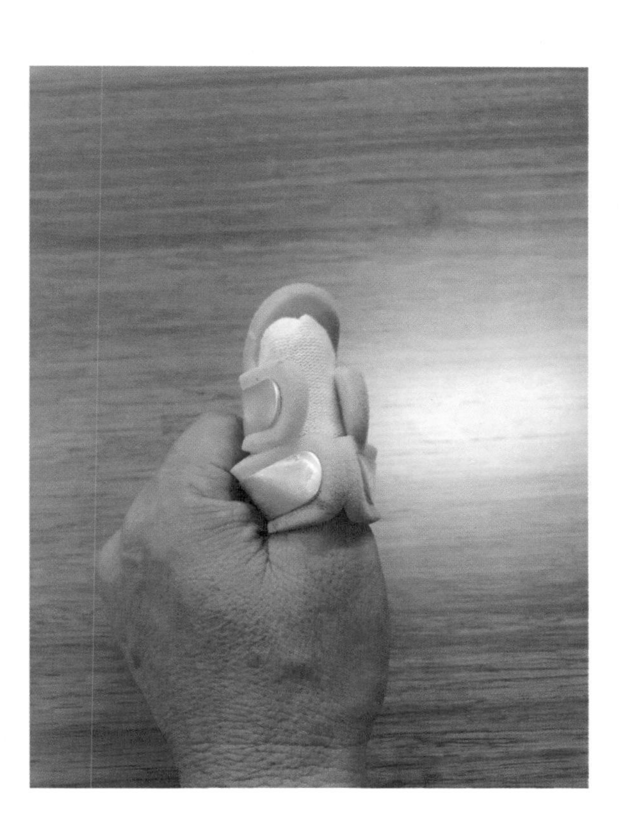

가로등

뜬눈으로 날 샜다
“제발 잠 좀 자게 불 좀 꺼라
잠을 자야
애가 생기지”

핑크 고래

도대체 뭘 먹은 거야?

눈싸움

눈이 크면 불리하다

눈 맞으면 진다

그린하트

두근두근, 심장이 뛴다

살아있다는 증거다

꽃이 핀다는 신호다

코로나 회담

"코로나가 언제 끝날까?"

"아, 나는 마스크 답답해서 더 이상 못쓰겠어!"

"내일은 얼집 문 열까?

놀이터에 미세먼지도 많은데

이러고 있는 것도 하루 이틀이지

안 그래?"

적선

"넣어 둬"

"제가 받아도 되나요?

할아버진 옷도 못 입으셨는데,"

"없는 사람이 있는 사람보다 잘 보일 때가 있지"

거미

바쁘다 바빠,

똥꼬에서 연기가 나는 것 같지

오늘 설치해야 될 평수가 좀 되거든,

먹고 사는 게 보통 일이 아니네,

루이비통

한낮 지상에 내린 별,
'루이비통' 패턴 같기도 하다
모 스승님의 삑사리 난 개그 본능이 등장했다
"왜 나는 자꾸 누이, 비똥으로 들리는지,
그 누나는 고스톱을 잘 쳤지
멀리 시집갔다던데"

그림자의 기도

나만 따라다니는 본캐,

어두워지기만 하면 숨어버리는 부캐,

대체 어쩌라고?

시간의 흔적

나이테를 밖으로 안고 있는 너

각성

감기약을 먹고
서른두 시간 만에 깨어났다
마치 아무 일도 없는 것처럼
낙락장송 내일을 꿈꾸는,

한수위

디지털 CCTV,

네 위에 나 있다

十方世界亦無比

보라색 별

책 제목인가?

아니 내가 진짜 보라색 별이다

지구를 부탁해

지구를 지키러 나간다

ㅇㅇ보일러만 지구를 지키는 것이 아니다

3부

자화상 그리기

한 번도 경험해보지 못한

'뜨겁게 불태워보지도 못한 채

얼마나 더 버틸 수 있을까?'

아직 제대로 타오르지 못한

내 영혼이 식고 있다

측백나무의 비결

'환갑 넘은 내 피부 비결은 마스크 팩,
피부 좋단 말 많이 들었지
1일 1팩을 넘어서 상시 사용 중,
나한텐 이 팩이 딱이야

아버지의 헛간

아버지의 헛간

멍석, 지게, 메꾸리*, 호정기**, 쟁기
모두 오늘처럼 그대로인데
아버지만 없다

* '멱둥구미(짚으로 엮어 만든 둥근 모양의 그릇)'의 충남 방언
** '호롱기(벼, 보리 따위의 이삭에서 낟알을 떨어내는 농기계)'의 충남 방언

형 취미는 멍때리기

"형,

여기 왜 또 이러고 있어

집에 안 갈 거야?

엄마가 데려오래

혀어엉~ 집에 가"

나는 누구

이름도 있고

집도 있고

자식도 있는데

아직도 난,

내가 누군지 모르겠다

우리는
가정을 사랑하고
나라를 사랑하고
그속에
직장을 사랑한다

서울 구경

소나무 키 좀 봐

구름에 닿았네

삼촌들이 '서울 구경' 하면서 들어 올릴 때

참으면

서울도 보이고

키도 큰다고 했는데,

그때 좀 참을 걸 그랬나

발레리나의 꿈

날 봐, 이 정도는 돼야지
호수를 건너려면
중심을 잘 잡아야 해
발끝을 세우고,

SINGER

아바타

시 쓰는 나,

시 속의 그,

시 읽는 너

스트레스의 역설

나는 열 받아야

제대로 일을 해낸다

맞춤형 원피스

새로 장만한 내 원피스 어때?

핏Fit 섹쉬 하지?

요즘 이게 핫한 디자인이야

롯데월드도, 63빌딩도, 주상복합 아파트들도

속이 다 보이는 시스루지

새들의 꿈

더 높이

더 멀리

더 자유롭게 날개를 펴는 거야

오늘 처음 날아 본 것처럼,

운명 공동체

쉴 틈 없이 부서지도록 일했다

청춘을 갈아 넣었지

시간을 거꾸로 돌려 볼까

너는 나의 동지다

250

나와 고슴도치

닮았다
곧추세운 가시,
열등감까지

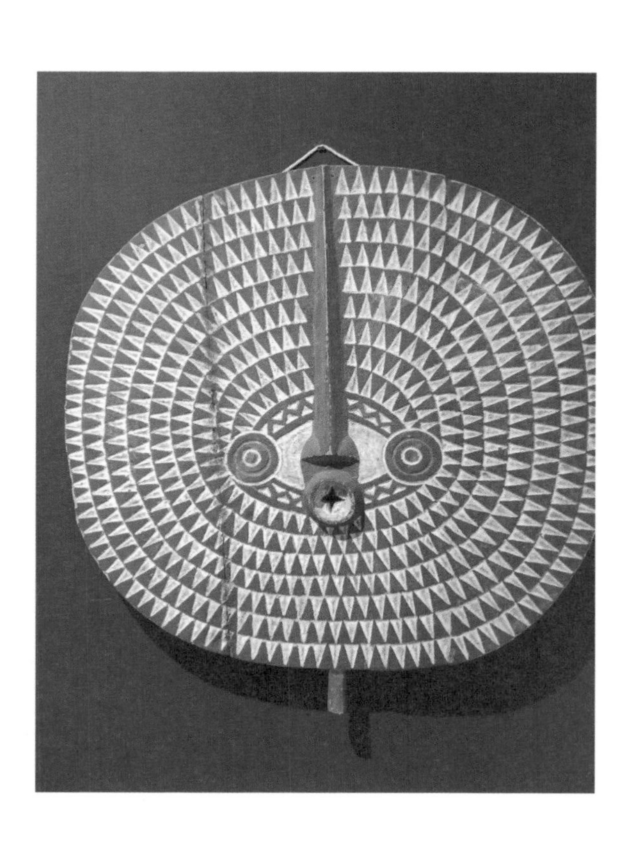

엄마의 묘기

장에 가는 우리 엄마,

슈퍼모델 워킹 빰치죠

우리 글자

우리 글자는 참 과학적이다
모든 소리를 거의 다 표현할 수 있다
그리고 또 참 어렵다

각난닫랄

맘밥삿앙

잦찿캌탙

팦핳

하늘 매표소

천국행 티켓 팔아요

4부

순환의 질서

계영배

우주의 반대말은 소주라고,

밤새 알코올로 내장을 소독하는 남자는

천도의 불 속으로 기어들어 가

술잔이 되었다

알로카시아

보리굴비의 소원

보리밥은 구경도 못 했다
“어차피 이렇게 된 거
마지막 소원이 있어”
“그게 뭔데?”
“비굴하게 사과 상자와 함께 유배 가지 않는 거”

핵심

온전한 한 그루다

꿈꾸는 우주다

폐광

천국과 지옥을 무릅썼던 입갱과 퇴갱 시간표다
막장 운행이 멈춘 그곳엔
역사가 자라나고,
우리의 기억 너머로
여전히 무릅써야 하는 내일이 조금 더 남아 있었다

인차 운행 시간표
이번인차는 회입니다

빛의 속도

떴다 와이파이,

와이, 무선 접속

파이, 원주율

규범 표기는 미확정,

오케이!

ff34
fe
1525

풍경소리

풍경이 풍경을 본다

바늘에 걸린 물고기가 꿈틀거릴 때마다

신음 소리가 난다

딸랑, 딸랑, 딸랑

하늘이 깨졌다

빈의자

"서 있는 사람은 오시오
나는 비이이인 의자,
콜록 콜록 콜록
자꾸 텐션이 약해져"

하늘 가는 길

7의 제곱이면 구름까지 도달한다

그 너머는 모른다

새파란 녀석에게 물어보면 알 것이다

철로역정

엄마가 말했지
세월은 철도 녹인다고,
그건 사실이었다
수직갱도,
긴장감과 사람의 손때가 사라지고
세월 앞에는 장사가 없다

춘자슈퍼

춘자 언니는 어디로 갔을까?
봉식이 오라버니가 이 동네를 뜬 지도
오래되었는데,

담배
음료
주류
잡화
춘자 슈퍼
T.374-3741
슈퍼

몸값

겨우 35,000원,

내 나이가 몇인데,

기도 안 차네

캄포도마
₩ 35,000

종교관 차이

평소 알고 지내던 스님이 무엇으로 보이냐고 물었다
집사인 나는 '초록 괴물' 같다고 했다
스님은 '할렐루야 십자가'로 보인다고 했다
오 주님,

말벌 승

서당 개 3년이면 풍월을 읊는다지

암자에 사는 말벌도 승려 못지않네 그려,

묵시默示 참선參禪에

때때로 불경 소리 또한 가열차구나

세월

시간을 끌어안고
물길을 막아도,
바람을 막아도,
나이를 막아도,
끝내는 가고 마는 흔적

가마

타야 맛이지
길을 내야 맛이지
불을 때야 맛이지

빛나는 전투에도 상처는 있다

사람도, 차도
회전구간에서는 더 조심해야 한다
돌고 도는 곳에서 갑자기 멈추면
자칫 서로 상처뿐,

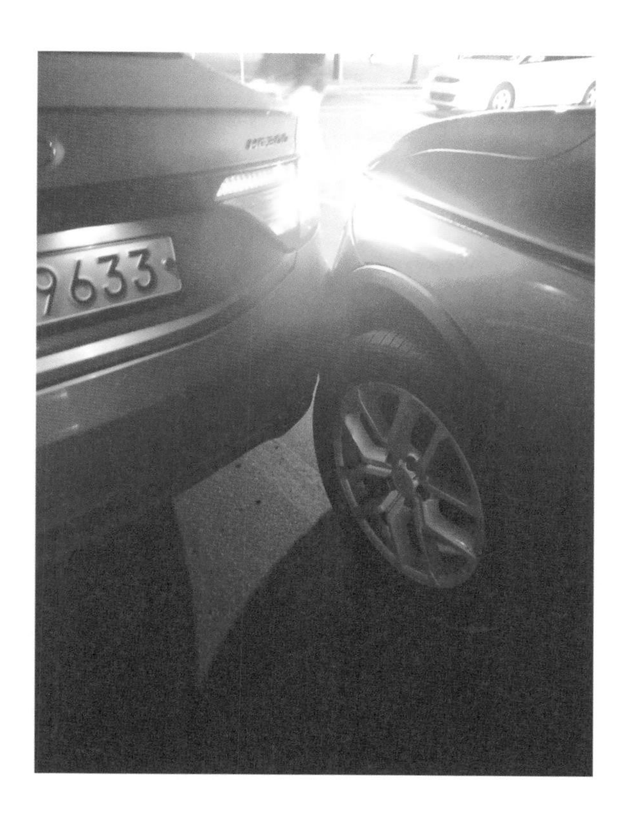
9633

불가능은 있다

산산조각,

제발 '불가능이란 없다'라고 말하지 말아요

너무 힘들어요

존재감

세상을 밝히는 것은

힘도

크기도

화려한 색감도 아니다

검투사

접시의 콜로세움(Colosseum),

한 여름밤의 플라비우스 극장이다